L'ENLEVEMENT D'EUROPE

3 octobre 2001

5 octobre 2001

Chamukl

JEAN-PAUL CHAMBAS

L'Enlèvement d'Europe

3 octobre 2001 - 5 octobre 2001

Textes de Francis Marmande
et Jean-Paul Chambas

atlantica

ISBN : 2-84394-467-8

Cadmos à la recherche d'Europe

De Cadmos à la recherche de sa sœur Europe, Chambas ne dit rien ;

de Cadmos, qui suivit une génisse blanche comme l'Oracle de Delphes lui suggéra de faire,

plutôt que de chercher Europe, rien ;

rien non plus de la vache qui tombe d'épuisement.

Et rien de ce signe inédit auquel répond Cadmos sans se tromper puisqu'il l'avait toujours su dans l'ombre du souvenir, et dans le souvenir donné par d'autres souvenirs depuis on ne sait quelle éternité ; sinon qu'il savait lui que c'était là le signe voulu, de la même manière que l'on sait ce qu'on ne sait pas, que l'on ne sait jamais et que cette ignorance touche à ce qui nous fait naître, à ce qui fait mourir, au temps d'aimer comme au temps de perdre.

L'Oracle avait dit à Cadmos de laisser tomber sa sœur partie avec un taureau blanc.

En échange, l'Oracle lui donne cette génisse blanche à suivre afin qu'il fonde Thèbes ou ce qu'il veut, mais qu'il fonde une ville là où la vache se laissera tomber. Bref, l'Oracle ne conseille à Cadmos que ce que l'on dit à ceux qui vont fonder des villes. À ce signe, en tout cas, Cadmos finit par fonder Thèbes, et encore pas sur-le-champ.

(un dragon, une source, la caillasse dans le front du dragon, la pauvre vache que Cadmos fut contraint de sacrifier, – et les dents)

VIII

Europe aperçoit un Taureau. Taureau blanc que Chambas dessine en Toro. C'est une prairie, un petit coin sombre où chante une rivière accrochant finement aux herbes des haillons d'argent, la mer plus bas, elle mousse de rayons, le Toro blanc arbore de grands fanons et très petites cornes semblables à des pousses que fond une bande noire. Il a au front une superbe corne croissant de lune.

Europe s'éloigne de la ronde des jeunes filles avec qui elle ramassait des fleurs.

Elle marche en dansant vers le Toro. S'approche et le caresse. Le Toro s'agenouille et s'assied. Europe le flatte. Glisse à peine une fleur dans sa bouche et décore ses cornes.

Escalade le Toro.

L'enfourche.

Ils descendent doucement vers la mer. Lui pénètre soudain dans l'eau, vole ou nage vers la Crète. Panique d'Europe qui crie, elle empoigne la corne droite et sauve son panier de fleurs. En Crète, le Toro se transforme en aigle et la viole sous un platane.

« Lune, déesse de la mort dedans la vie. »

De tout cela, le peintre ne dit rien.

Il montre la passe. Il montre la passe entre deux temps.

Sinon, il ne dit rien, rien de tout ça perdu dans le jour crétois.

Rien de l'instant où grimpe Europe.

Rien de ce Toro plus blanc que les Toros blancs que l'on courrait à Huelva. Rien de ce Toro aussi blanc que le Toro blanc comme la mèche d'Antoñete qui le toréait à Madrid.

Rien de cette tige enfilée dans la bouche

rien du joug de bonheur dont elle enguirlanda les cornes

rien de l'anxiété joyeuse qui remuait le con d'Europe

rien de la pente, rien de la mer. Rien de leur fuite à deux, rien des saillies d'horreur, Europe regardant vers la côte. Rien de ses pleurs, de ses larmes, elle hurle, inonde le Toro sous elle rien du fils, Minos, qui leur vint lorsque changé en aigle, le Toro la viola.

Il ne dit rien de cela.

Pratiquement rien de la fille née des amours, bien plus tard, d'un magnifique toro envoyé à Minos par Poséidon, avec Pasiphaé

Rien de la fille de Minos et de Pasiphaé.

Le peintre ne dit rien de ce toro que Minos ne put tuer, ce toro dont Pasiphaé voulut un rejeton, le Minotaure ; rien de Poséidon, rien de Dédale et rien du fil d'Ariane ; rien de l'envol des garçons

rien d'Icare

Et de proche en proche, presque rien d'Europe en épouse du roi Astérion qui adopta ses trois fils.

Tout ce qui s'ensuit.

Et le reste.

Rien du culte dont morte Europe fut l'objet

et le reste

Rien de ce monde disparu au point que le terme même de disparu – en dépit de toutes nos ethnologies, de tous nos musées, etc. – que ce terme, dis-je (ici la voix de l'auteur du *Bain de Diane* : on l'aura, j'imagine, reconnue), ce terme n'a plus lui-même de sens.

Ce monde, seulement, comment a-t-il pu être ?

De tout cela, le peintre ne dit rien, il donne à voir.

Il donne à voir l'instant dont aucun des mille textes par qui s'installe la légende de l'enlèvement d'Europe par Zeus en Toro, ne dit rien.

Il donne tout à voir du seul instant de séduction par quoi tout arrive.

Tout ce qui s'ensuit et le reste.

Enfin et pour le coup redevenu enfant sans les misères de l'enfance, on voit *tout*.

On voit par le peintre tout ce que n'aurait pas dû voir Zeus.

On voit Europe citer le Toro blanc.

On la voit soulever sa robe pour parapher la passe, se dégrafe, expédie ses talons hauts et rouges sans les mains, *véronise a cuerpo limpio*, le corps sans rien qui le voile ni protège, le nombril en avant elle charge la passe, fait passer la corne droite genou en terre, les jambes écartées, ouverte, offerte, fendue sur le dos du Toro, exhibant ses guenilles dans une chute épouvantée, les quatre fers en l'air,

l'épée à la main droite,

le drap rouge dans l'autre,

et entre :

l'entre, elle le désigne du doigt à la bouche du Toro,

culbute en riant

se retrouve assise les bas en compas

soulève la cape et donne tout à voir

tire un peu sur la peau dont elle approche des doigts de bassiste

se renverse et espère l'assaut

debout d'un bond se croise méchamment, s'agite et multiplie, s'ouvre ou tire les rideaux de ses mains, s'affiche soudain sans vergogne, croise les doigts devant les Toros, s'écartèle comme une enfant devant la glace, invente des *suertes* très connues de tous (à califourchon sur chaise flamenca, en tailleur inverse sur chaise Louis XV),

elle guide la corne du bout des doigts, devient trois et eux légion, tombe à genoux en plein centre de la planète pour l'attendre, Lui, *a porta gayola*,

d'où qu'ils viennent, d'aussi loin, Lui aussi saura se séparer
toujours plus loin de lui ou d'elle
pour la rejoindre,

avec tout ce qui s'ensuit et le reste.

Ainsi se nouent les instants dont on garde sentencieusement en mémoire la tête du Toro.
Jusqu'aux chocs les plus terribles, centaures mis à bas, ciel d'orage, nimbus intestinaux et pour finir :

comme rétablies par l'exercice mental de la *concentration* sur ce que voit le peintre qui montre *tout*, les proportions précises de la tête de Zeus et du corps de la fille

l'œil retrouvé.

Francis Marmande

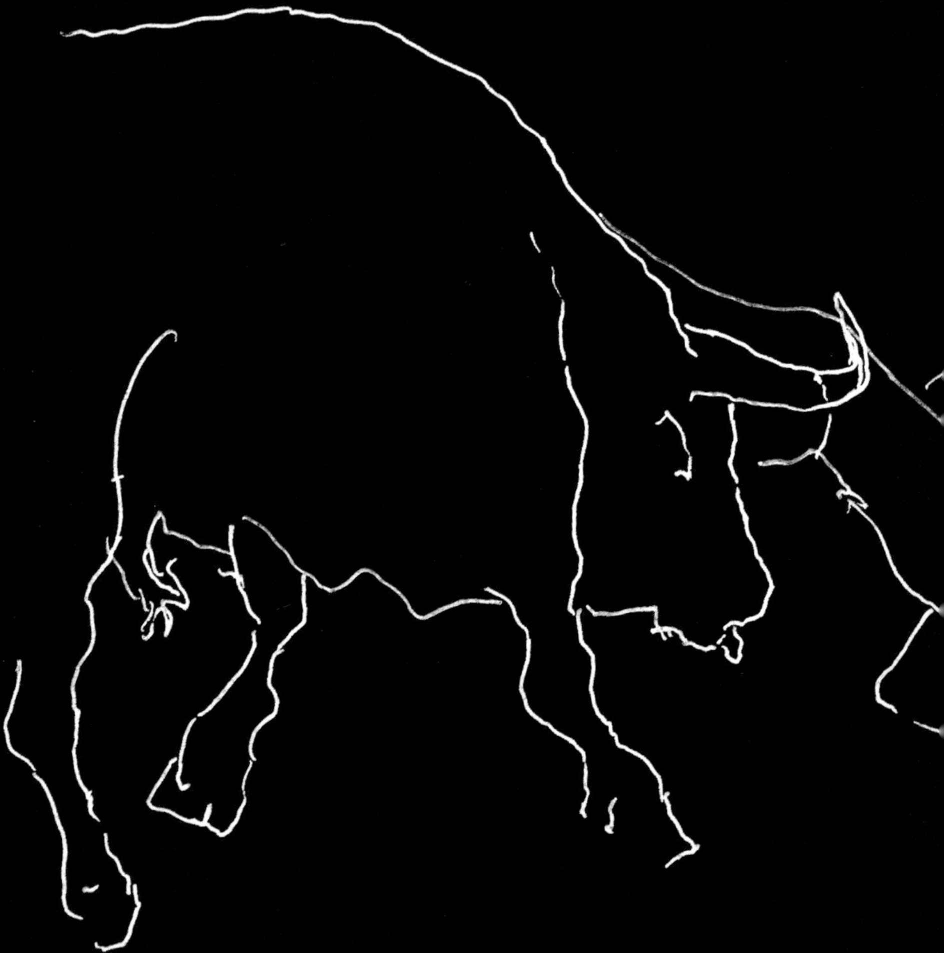

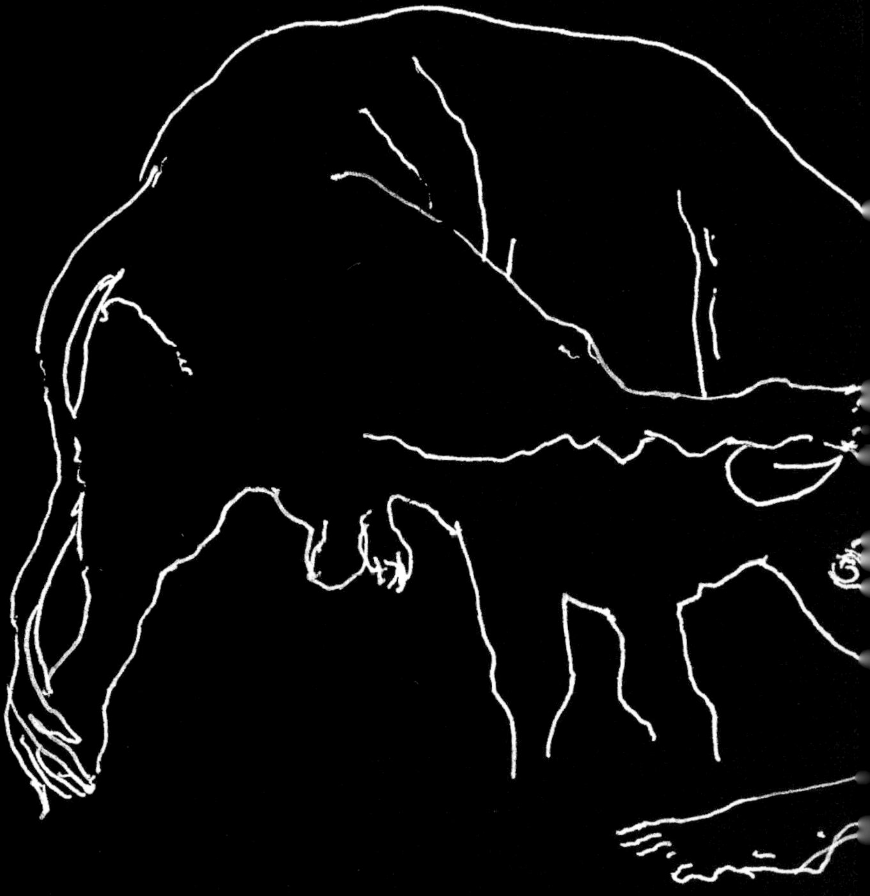

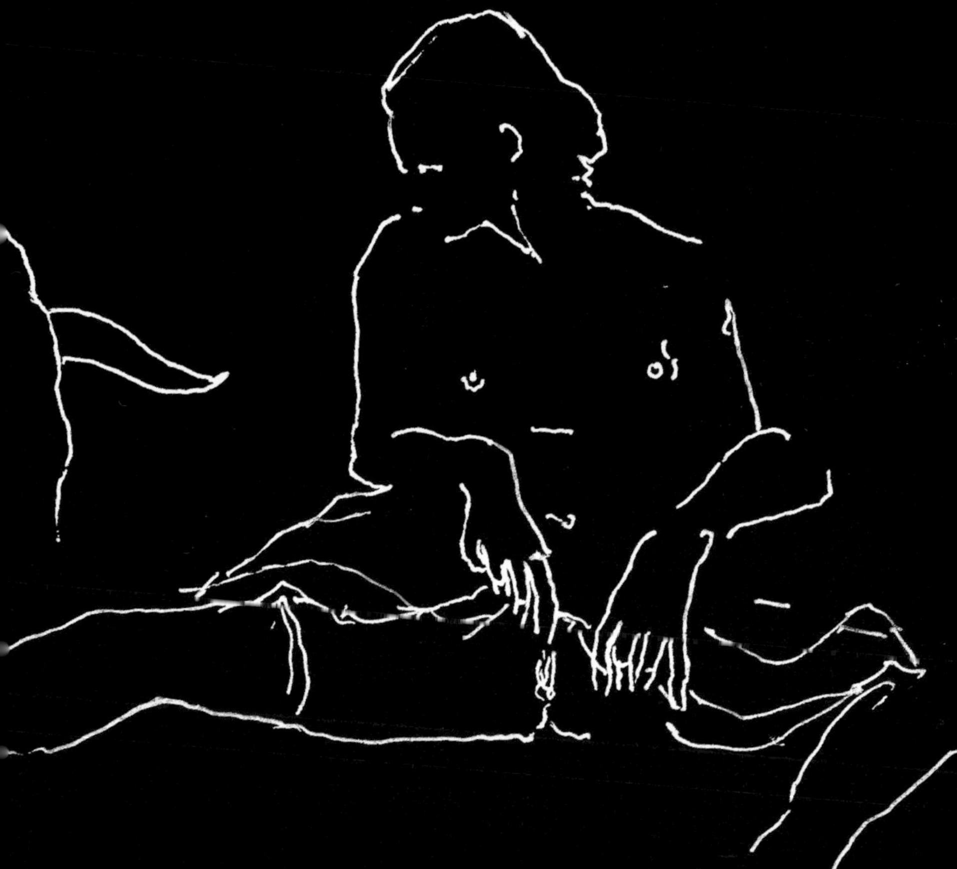

3 · X · 01

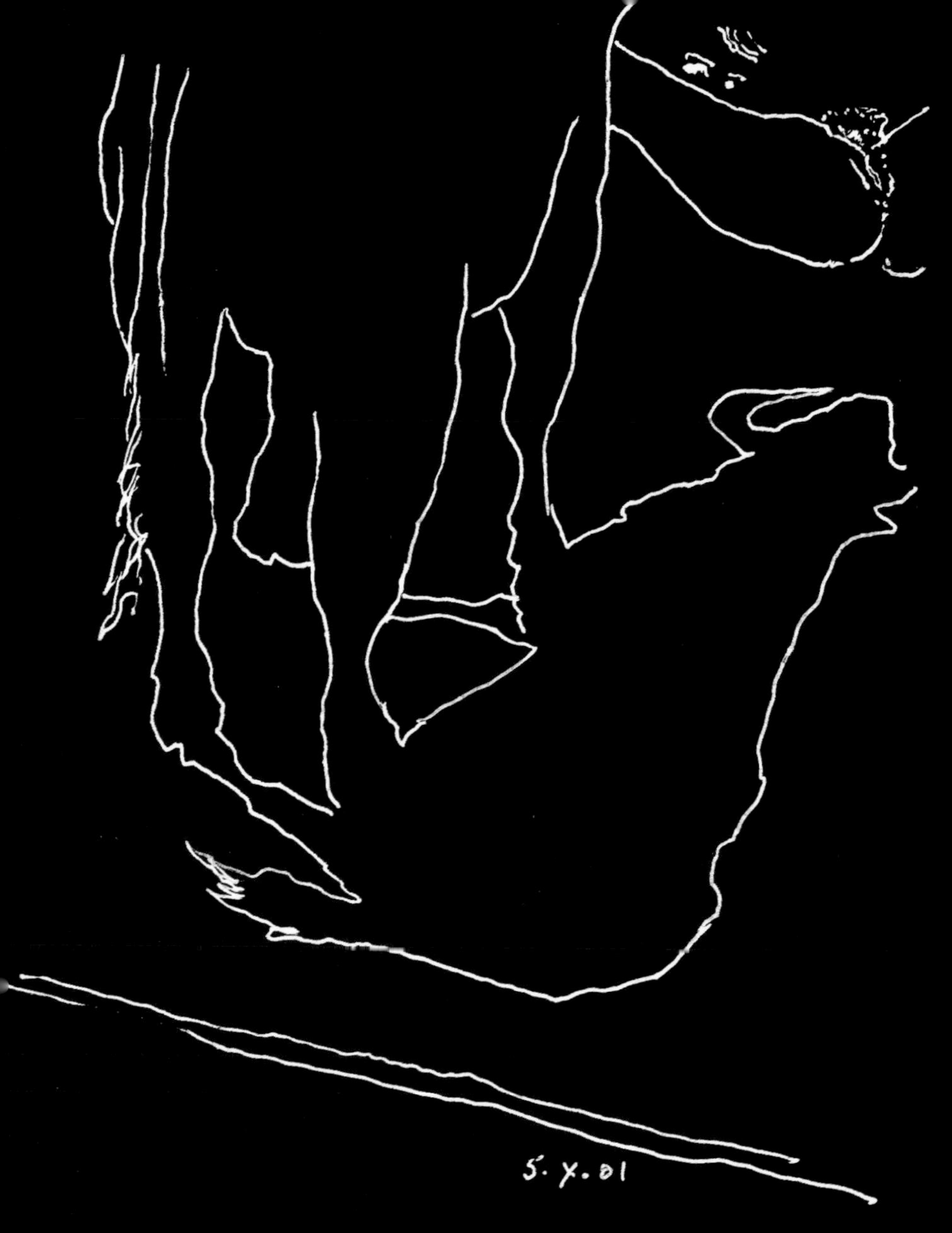
5. X. 01

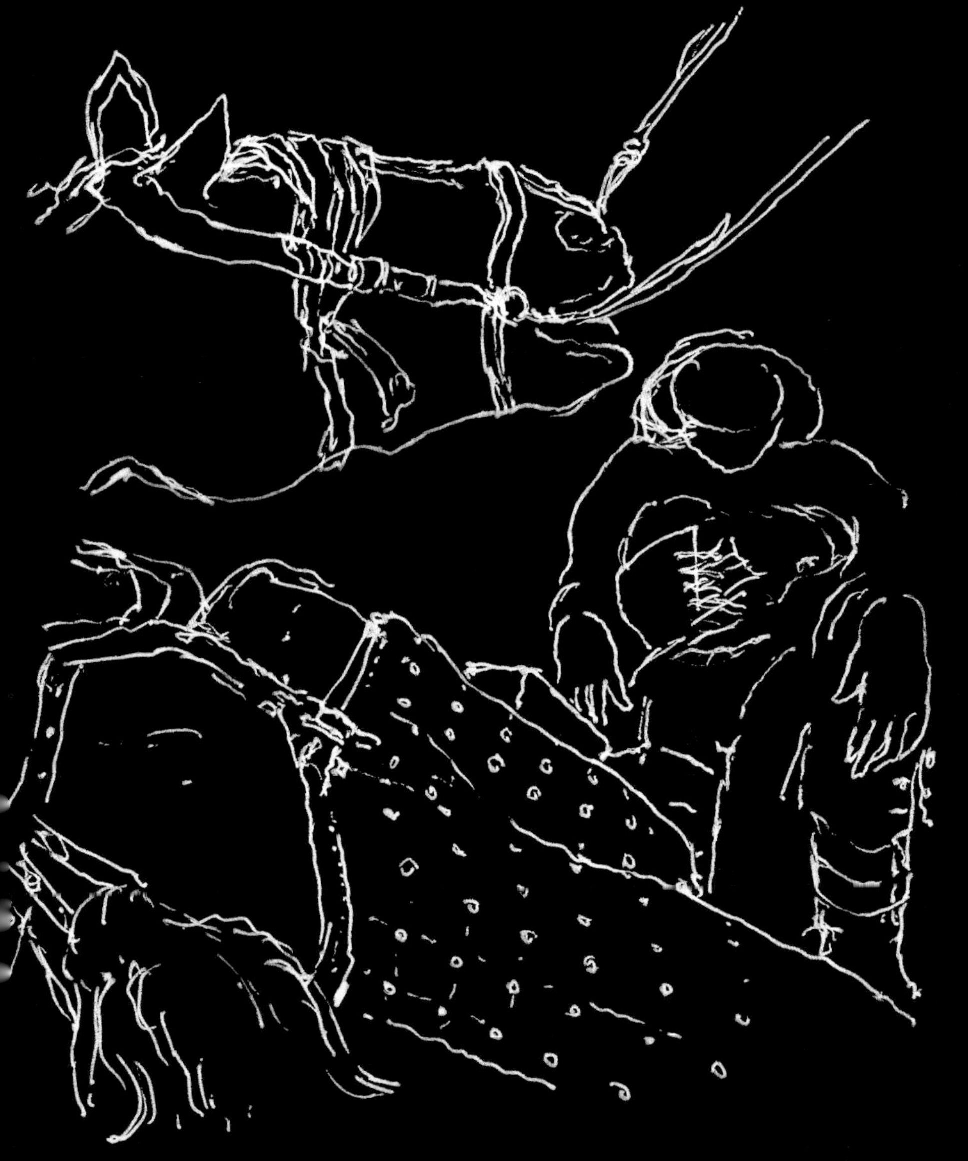

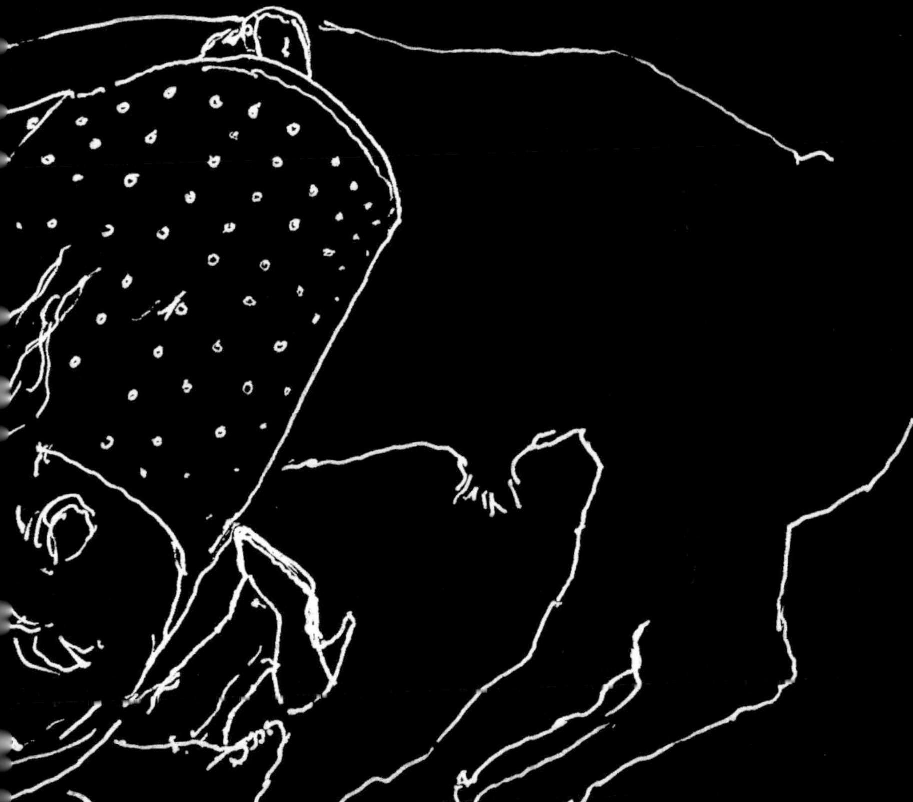

3 · X · 01

Mercredi 3 octobre 2001
Atelier, temps d'automne débutant - 22 h 30

Cet après-midi, quelques traits de crayons blancs sur papier noir. Je m'amuse, hésitant et complaisant, plaisir ; facilité du blanc sur noir. Le thème de l'enlèvement d'Europe me poursuit depuis si longtemps. (Au Cailar, à Paamul, à Pampelune avec DD et Z à « la Perla » jc raconte toute l'histoire d'Agenor, d'Icare et plus loin.) Envie gourmande de continuer, cette envie de dessiner, comme ça, librement, nécessairement. Concentré je dessine sans lever le crayon, oubliant tout, jusqu'aux photos, revues, livres, documents, carnets, notes, qui en chaos sur ma table font rempart à mes derniers tableaux. Le crayon file vite, plus vite il tracera moins je calculerai sa trajectoire ; se livrer pour ne pas tricher, en éviter même la tentation, par le risque reconnu. Si je savais aller à l'essentiel. Passer d'une feuille à l'autre sans y penser, ne pas regarder mon travail de peur de perdre cette grâce à peine entrevue toujours si éphémère si incontrôlable. Que l'œil ou la main ne se focalise pas sur un détail, quel qu'il soit. Éviter toute ressemblance. Continuer, continuer surtout. Les chattes sont ouvertes, douces et généreuses : un trait, un point de trop et elles se ferment, se refusent. Difficulté de ne pas en rajouter, espoir de vider tout ça de l'anecdote pour ne garder que le trait pur. Gaffe aux graffitis, à l'obscène. Au fil du trait je m'aperçois que ce que je croyais facilité du blanc sur noir est en fait une difficulté supplémentaire, de par son évidence même. Difficulté de modeler le trait, de le faire frontière entre corps et taureau, sexualité sans bousculades. Ombres sans couleurs. Me rappeler ce que je cherchais cet été quand, parfois, rarement, j'arrivais à peindre le sexe d'une seule tache bleue fendue d'un rose libre et plein d'eau.

Les Toros doivent être dessinés par un « *Los-que-saben* ». Ne pas faire n'importe quoi. Les Toros aussi sont importants. Je ne veux pas regarder l'ensemble, pourtant l'idée sournoise (sans préméditation) de montrer ces dessins « ensemble », d'en faire un livre surgit comme lumineuse dans la fatigue. Édition. Trouble. Cela me perturbe. Il est tard, mieux vaut quitter l'atelier. Cela me perturbe car je n'avais jamais pensé à une finalité pour ces dessins nés du plaisir pur, jamais imaginé que réunis ils pourraient faire « série », qu'imprimés ils deviennent pages de livre ; cela me trouble car traversé par cette idée finalement d'une présomption banale, je ne voudrais pas que ces dessins pas encore dessinés, pas encore même rêvés, trouvent maintenant une finalité, soient comme entravés, balisés, progressant dans une histoire, se surveillent entre eux et oublient leur propre liberté et perdent alors la chose la plus importante à mes yeux (aujourd'hui), la « grâce », grâce qui m'a effleuré, ne serait-ce qu'une demi-seconde ; comme quand on peint et que soudain, oui soudain, au milieu de fausses exaltations, de travail ennuyeux, de patience hésistante : dix minutes de bonheur jaillissent et font la grimace heureuse, parce que le pinceau glisse, sensuel, onctueux, gras, doux et fort, il peint juste et fait seul ce dont je ne me crois jamais capable, que la couleur sur un seul petit cm^2 est juste comme belle ; que je peux arrêter pour ces dix minutes de pleurer sur Vélasquez.

Oui le danger frôle, danger de dessiner pour autre chose que le plaisir, de ne plus suivre mon envie, de perdre un peu de cette volonté de dessiner comme Je veux, cette sainte volonté chère à Bergamín ; d'oublier ce caprice volontaire qui peut me donner cette sacrée envie de peindre le cœur dans la main. Il est tard de nouveau, je ne peux m'empêcher juste avant de quitter l'atelier de regrouper les feuilles noires et de leur faire une sorte de couverture, pour les protéger, pour qu'elles rentrent dans ma petite valise sans les abîmer, cela n'a pas l'air vrai. Je les montrerai tout à l'heure à C, mes petits trucs noir et blanc.

Vendredi 5 octobre 2001
Automne - 21 heures - noir mouillé

Le matin je ramasse sur le pas de la porte de l'atelier quelques feuilles rouge platane-automne. Elles vont sécher entre les pages du livre sur Picabia. Déjeuner à midi avec O, mon petit assistant de New York (Quartet-BAM), il me paraît comme traumatisé, très fragilisé depuis la tragédie du 11 septembre et par son retour à Paris. Culpabilité d'aller bien. Je lui montre quelques tableaux (portraits d'I. Ducasse, Maldoror, Orpheo) et les dessins de mercredi.

Cet après-midi je reprends Europe. Redessins sur papier noir, cette fois je prépare une cinquantaine de feuilles toutes au même format. Une gravure ancienne me revient en mémoire, crucifixion du Christ. Le bras droit n'est plus cloué au bois de la croix mais détourne avec grâce divine, d'un cheval masqué la corne droite d'un Toro assassin. *Quite* miraculeux. Le crayon blanc glisse toujours aussi vite, mais je dois me méfier de plus en plus de mon « sujet », il ne doit pas « voler » mon dessin. Je sens confusément que je ne peux pas en faire davantage sans perdre de l'autorité sur mon trait.

J'en élimine beaucoup et ne garde que ceux qui me paraissent les plus justes. Je commence pourtant à avoir du plaisir et m'attarde sur les attaches des corps et des cuirs ; le moment est dangereux car il peut vite, très vite tourner à la complaisance. Malgré une fatigue évidente continuer ces dessins peut m'aider à contourner le piège de cette autosatisfaction nuisible à l'ensemble. Je pense de plus en plus à une édition, je sais aussi ma résistance au « livre d'Artiste ». Se rappeler mon trouble de mercredi. J'imagine quand même avec bonheur « mon » petit livre dans la poche d'un aficionado. Le marque-page serait le billet de la corrida du jour *(No hay billetes !)*. Certains dessins sont plus faibles, plus naïfs, trop bavards, les garder ? Oui, si j'élimine ceux qui jouent de la virtuosité.

Ne jamais mal dessiner par ignorance.

Penser à un texte pour un livre avec les dessins ? D'abord, continuer à travailler dans cette envie. Oui ; le texte : Raconter tout simplement l'enlèvement d'Europe (rappeler toutes ces histoires de taureaux et de génisses dans la mythologie grecque), le mieux, sans aucun doute. Les pages de mon journal (Bitacorra) de ces deux jours ? sans tricheries. Tricher n'est pas le privilège des seuls artistes. Je n'aime pas les privilèges mais les « *callejon* » officiels où il y a écrit Directioncarte-strictement-personnelle. L'idée en restera sûrement là !

Je vais rentrer, lâcher l'atelier, une fois de plus l'idée de traverser Paris m'ennuie terriblement, légère angoisse qui me fait retarder mon départ : Ranger et classer des photos mille fois vues, mille fois classées et mille fois revues, fumer une cigarette, se resservir un verre, nettoyer le verre, chercher ce qui est fini pour en récupérer la trace, béat et ravi regarder ma table de travail sans penser téléphoner à Catherine pour ne rien dire ; que j'arrive, que je n'ai rien de spécial, ouvrir ce cahier à la page exacte de l'année précédente : 5 octobre 2000. Rien le 5, mais le 4 octobre le temps était gris automne et frais, 21 heures 45 je faisais un dessin 160 x 130 cm au fusain, Europe déjà, sexes, vase grec aux figures rouges, Amasis ? 600 av. J.-C. Deux ans auparavant le 5 octobre 1999 il était 8 h 1/4 temps beau et frais, matin, chez XC au Mexique, atelier Canella. Pour une fresque monumentale destinée à la station Bellas-Artes du métro de Mexico. Je peins la Vierge de la Guadalupe, éclairée par une seule ampoule électrique.

L'été dernier, litanie chaleureuse des corridas du Sud-Ouest vite notées. A et B sont à Paris. Septembre : rentrée des K.

Penser à un titre ?

Jean-Paul Chambas

Achevé d'imprimer
sur les presses
de la Société Atlantique d'Impression
18, allée Marie-Politzer - ZI Maysonnabe
64200 Biarritz
le 12 mars 2002

Dépôt légal : mars 2002